El Canto de las Ballenas

Escrito por Dyan Sheldon

Ilustrado por Gary Blythe

This edition published in 1996 by
Magi Publications
22 Manchester Street, London W1M 5PG

Text © Dyan Sheldon, 1990
Illustrations © Gary Blythe, 1990
Copyright © Spanish translation, Magi Publications, 1996

First published in Great Britain in 1990 by
Hutchinson Children's Books

Printed and bound in Hong Kong by
South China Printing Co. (1988) Ltd

ISBN 1 85430 503 4

THE WHALES' SONG

Story by Dyan Sheldon

Illustrations by Gary Blythe

Translated by Maria Helena Thomas

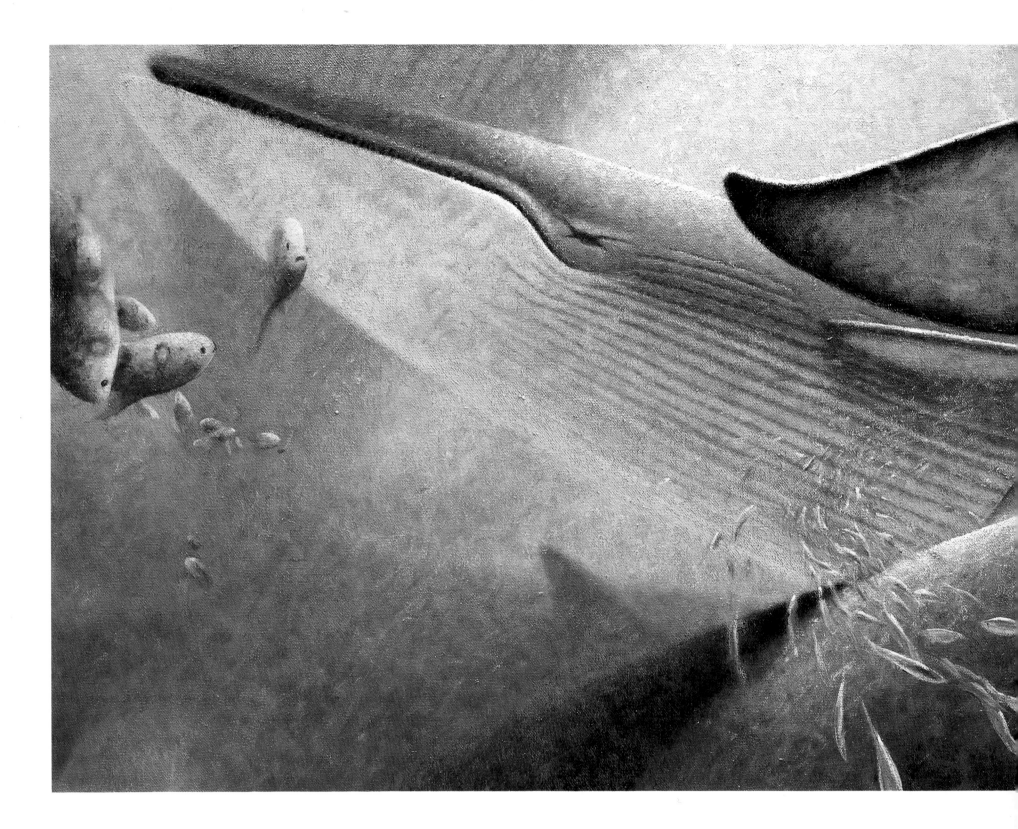

Un día la abuela de Lily le contaba un cuento:
"Hace mucho tiempo el océano estaba repleto de ballenas. Las ballenas eran tan grandes como las montañas y tan pacíficas como la luna. Eran las criaturas más hermosas que te puedas imaginar."

Lilly's grandmother told her a story. 'Once upon a time,' she said, 'the ocean was filled with whales. They were as big as the hills. They were as peaceful as the moon. They were the most wondrous creatures you could ever imagine.'

Lily se subió al regazo de su abuela y ella le siguió contando: "Yo me sentaba en el muelle a escucharlas. Algunas veces esperaba allí todo el día y toda la noche hasta que por fin llegaban. Venían de muy lejos y se movían por el agua como si estuvieran bailando."

Lilly climbed on to her grand-mother's lap.
'I used to sit at the end of the jetty and listen for whales,' said Lilly's grandmother. 'Sometimes I'd sit there all day and all night. Then all of a sudden I'd see them coming from miles away. They moved through the water as if they were dancing.'

"Pero, ¿cómo sabían que estabas allí?" – preguntó Lily. "¿Cómo sabían que te iban a encontrar?"
La abuela de Lily sonrió.
"¡Ah, porque siempre les llevaba algo especial! Algunas veces una concha de mar perfecta, otras una piedra muy bella. Cuando el regalo les gustaba se lo llevaban y también te regalaban algo."

'But how did they know you were there, Grandma?' asked Lilly. 'How would they find you?'
Lilly's grandmother smiled.
'Oh, you had to bring them something special. A perfect shell. Or a beautiful stone. And if they liked you the whales would take your gift and give you something in return.'

"¿Qué te regalaban las ballenas?"
– le preguntó Lily a su abuela.
La abuela le respondió con un
suspiro y le dijo como en secreto:
"Una o dos veces . . . Una o dos
veces las oí cantar."

'What would they give you,
Grandma?' asked Lilly. 'What
did you get from the whales?'
Lilly's grandmother sighed.
'Once or twice,' she whispered,
'once or twice I heard them sing.'

En eso entró ruidosamente
Frederick, el tio de Lily, y gritó:
"No eres más que una vieja tonta.
Las ballenas sólo son importantes
por su carne, sus huesos y su grasa.
Si tienes que contarle historias a
Lily cuéntale algo útil. No le llenes
la cabeza de fantasías . . . ¡Ballenas
que cantan, qué tontería!"

Lilly's uncle Frederick stomped
into the room. 'You're nothing
but a daft old fool!' he snapped.
'Whales were important for their
meat, and for their bones, and for
their blubber. If you have to tell
Lilly something, then tell her
something useful. Don't fill her
head with nonsense. Singing
whales indeed!'

Pero la abuela de Lily continuó: "Aquí había ballenas hace millones de años; antes de que hubieran barcos, o ciudades, o inclusive hombres prehistóricos. La gente pensaba que eran mágicas."
"La gente se las comía y las hervían para sacarles aceite" – gruñó el tío Frederick y salió al jardín.

'There were whales here millions of years before there were ships, or cities, or even cavemen,' continued Lilly's grandmother. 'People used to say they were magical.'
'People used to eat them and boil them down for oil!' grumbled Lilly's uncle Frederick. And he turned his back and stomped out to the garden.

Esa noche Lily soñó con las
ballenas. En su sueño eran tan
grandes como las montañas y más
azules que el cielo. En su sueño
las oyó cantar y sus voces sonaban
como el viento. En su sueño
saltaban del agua y la llamaban por
su nombre.

Lilly dreamt about whales.
In her dreams she saw them,
as large as mountains and bluer
than the sky. In her dreams she
heard them singing, their voices
like the wind. In her dreams
they leapt from the water and
called her name.

A la mañana siguiente Lily fue
hasta el océano a un lugar donde
no habían pescadores, ni gente
nadando, ni barcos. Caminó hasta
el fin del viejo muelle y vio que el
agua estaba solitaria y tranquila.
Se sacó del bolsillo una flor
amarilla y la echó al agua.
"¡Para ustedes!" – gritó –

Next morning Lilly went down
to the ocean. She went where
no one fished or swam or sailed
their boats. She walked to the
end of the old jetty, the water
was empty and still. Out of her
pocket she took a yellow flower
and dropped it in the water.
'This is for you,' she called into
the air.

Lily se sentó en el malecón a esperar. Esperó toda la mañana y toda la tarde y cuando comenzaba a anochecer vio venir a su tío Frederick. "¡Basta de tonterías!" – le dijo – "Vamos a casa, no puedes pasarte la vida soñando."

Lilly sat at the end of the jetty and waited.
She waited all morning and all afternoon.
Then, as dusk began to fall, Uncle Frederick came down the hill after her. 'Enough of this foolishness,' he said. 'Come on home. I'll not have you dreaming your life away.'

Esa noche Lily se despertó de
repente. Su cuarto estaba
inundado con la luz de la luna.
Lily se sentó en la cama y escuchó
atentamente. Luego se salío de la
cama y se asomó a la ventana.
Le parecía escuchar algo en la
distancia, el sonido venía desde
el otro lado de la montaña.

That night, Lilly awoke suddenly.
The room was bright with
moonlight. She sat up and
listened. The house was quiet.
Lilly climbed out of bed and went
to the window. She could hear
something in the distance, on the
far side of the hill.

Salío de la casa y, corriendo,
se fue a la playa.
Su corazón latía fuertemente
cuando llegó al océano y allí,
enormes, estaban las ballenas.
Daban brincos y saltos a la luz
de la luna, el sonido de su canto
llenaba la noche. Lily vio su flor
amarilla flotando sobre la
espuma del mar.

She raced outside and down to
the shore.
Her heart was pounding as she
reached the sea.
There, enormous in the ocean,
were the whales.
They leapt and jumped and spun
across the moon.
Their singing filled up the night.
Lilly saw her yellow flower dancing
on the spray.

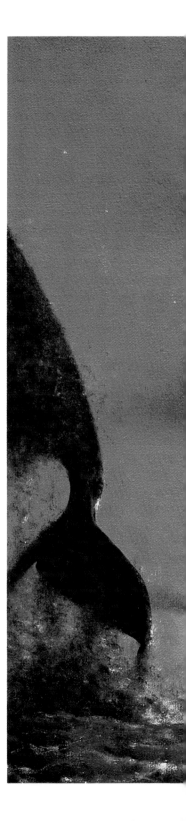

Así pasaron los minutos, o tal
vez las horas, hasta que Lily sintió
que el frío de la noche le mordía
los pies. Con un escalofrío se
frotó los ojos. El océano estaba
tranquilo de nuevo, la noche
oscura y silenciosa. Lily pensó que
había estado soñando, se paró y se
puso a caminar hacia la casa.
Mientras se alejaba de la playa
escuchó voces que gritaban:
"¡Lily, Lily!"
Las ballenas la estaban llamando
por su nombre.

Minutes passed, or maybe hours.
Suddenly Lilly felt the breeze
rustle her nightdress and the cold
nip at her toes. She shivered and
rubbed her eyes. Then it seemed
the ocean was still again and the
night black and silent. Lilly thought
she must have been dreaming. She
stood up and turned for home.
Then from far, far away, on the
breath of the wind she heard,
'Lilly! Lilly!'
The whales were calling her name.

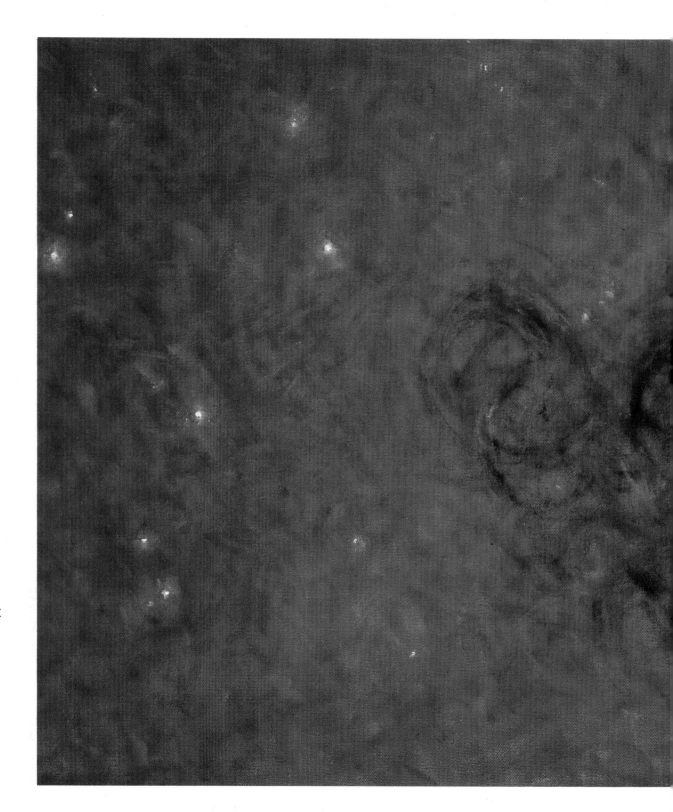